KB120744

하멜서신

시작시인선 0196 하멜서신

1판 1쇄 펴낸날 2016년 3월 2일
지은이 신덕룡
펴낸이 이재무
책임편집 박찬세
디자인 이영은
펴낸곳 (주)천년의시작
등록번호 제301-2012-033호
등록일자 2006년 1월 10일
주소 (04618) 서울시 중구 동호로27길 30, 413호(묵정동. 대학문화원)
전화 02-723-8668
팩스 02-723-8630
홈페이지 www.poempoem.com
이메일 poemsijak@hanmail.net

ⓒ신덕룡, 2016, printed in Seoul, Korea

ISBN 978-89-6021-260-2 04810
      978-89-6021-069-1 04810(세트)

값 9,000원

하멜서신

신덕룡

천년의 시작

하멜(Hendrick Hamel, 1630~1692)이었다.
병영에서 만난 그는
눈을 맞으며 우두커니 서 있었다.
유배 아닌 유배로 이곳에서 칠 년을 살았다.
이제는 내 이야기를
해야 하지 않겠냐는 표정이었다.
억울함과 분노, 고통과 절망과 그리움이 뒤섞인
그의 눈빛이 몸속에 스며들었다.
낯익은 슬픔이었다.

차례

시인의 말

제1부

그림자나무 ——— 13

영암을 지나며 ——— 14

풋잠에 들다 ——— 15

녹비鹿皮 ——— 16

새 ——— 18

들국화 ——— 19

맨발의 은행잎들 ——— 20

'꼬다'라는 말 ——— 22

담을 치다 ——— 23

민달팽이, 혹은 좌표들 ——— 24

잠꼬대 ——— 26

아무 날 아무 시 ——— 27

곡신谷神에 대하여 ——— 28

창밖의 귀 ——— 30

꽃과 새 ——— 32

제2부

수인사修仁寺 ——— 35

잡초를 뽑다 ——— 36

옻나무에 스치다 ——— 37

상수리나무 ——— 38

홍시 ——— 40

겨울의 묵시록 ——— 42

남씨南氏로 살아가기 1 ——— 44

남씨南氏로 살아가기 2 ——— 46

나선의 방향 ——— 48

고추에 대하여 ——— 49

탈관脫棺 ——— 50

막걸리 ——— 51

매일매일 ——— 52

등거리 ——— 54

제3부

등뼈 ─────── 57

추석 무렵 ─────── 58

뿔, 없어도 되는 ─────── 59

잃어버리다 ─────── 60

마량포구 ─────── 61

등잔불의 역사 ─────── 62

밀서를 읽는 시간 ─────── 64

전생에 나는 ─────── 66

눈 밖에 나다 ─────── 68

비질을 하다 ─────── 70

맨발 ─────── 71

보리개떡 ─────── 72

다락방 ─────── 74

낫과 호미 ─────── 76

아무개들 ─────── 77

제4부

틈 ──── 81

절반의 기억들 ──── 82

묘책 ──── 83

영암 월출산 ──── 84

흩날리는 벚꽃들 ──── 86

초분草墳 앞에서 ──── 88

한가하다는 것 ──── 90

귀를 막다 ──── 91

조선의 땡삐들 ──── 92

강진 아리랑 ──── 93

오월 ──── 94

구름의 장례식 ──── 95

병영을 떠나며 ──── 96

금강천 ──── 98

해설

김문주 자유를 향한 정념의 서사, 고요한 뿔의 결기 ──── 99

제1부

그림자나무
－서시序詩

어둠 속에서 불쑥
나무 한 그루가 솟아올랐다.
산 아랫마을이 하나씩 둘씩 불을 끄는 시간에
나는
여행자의 마음으로
나뭇가지에 걸터앉아
밀린 숙제를 하듯 하루의 일과를 정리한다.

잠시 쉬어가는 새의 발목에 누가
족쇄를 채울 수 있으랴.

영암을 지나며
—하멜서신

초가집 처마 밑에 웅크리고 앉아
오는 봄을 밀어낼 듯 퍼붓는 눈발을 바라보고 있자니
지금까지 왔던 길보다
가야 할 길이 점점 더 아득하게 멀어진다는 것을 알겠다.
우리가 뱃사람 아닌 오로지 장사꾼이었더라면
이 집 저 집 불려 다니며 광대짓으로 연명할지언정
천지사방이 감옥인 이 땅에서
모의를 하거나 도망칠 궁리 따위는 하지 않았을 것이다.
장사꾼의 적이 장사꾼이라는 걸 미리 알았더라면
목숨을 담보로 거래를 하거나
가산을 탕진한 죄인 아닌 죄인이 되어
천릿길, 궁벽한 변방으로 쫓겨나지는 않았을 것이다.
뒤엉키는 회한과 불안이듯
눈발 가득한 허공에서 불쑥불쑥 솟아나는 산봉우리들
그렇다. 하나같이 하늘을 찌를 듯 날카롭게 서 있는 저 산과
온통 눈과 바람뿐인 거친 들판
쪼그리고 앉은 어깨 위로 내려 쌓이는 어둠 모두
이제 내 것이 될 것이다.
고삐 잡힌 소가 되어
멀룽멀룽, 순한 눈빛으로 천년만년 살아온 것처럼.

풋잠에 들다
―하멜서신

이게 무슨 일인지
도대체 설명할 길 없습니다.

누구 하나 눈길 건네는 이도 따라오는 기척도 없는데 자
꾸만 뒤를 돌아보게 됩니다. 넓은 들판을 가로질러 가도 가
도 언제나 제자리, 떠난 자리로 되돌아옵니다.

멀리 강진을 지나 마량포구까지 앞서 갔던 마음들도
너덜너덜 찢겨진 채
왼종일 쪼그려 앉아 나막신을 깎던 공방의 끌밥처럼
발밑에 수북이 쌓여 있습니다.

이건 악몽일 뿐이야 누군가의 꿈속에 끌려왔을 뿐이라고
고개를 흔들어보지만
지금 여기, 왜 왔는지조차 알 수 없습니다.

한 백 년쯤이나 됨직한
의문들, 벗어날 길은 아예 없겠습니다.

녹비鹿皮
─하멜서신

볕이 잘 드는 토담에 등 대고 앉아
먼 하늘을 보고 있자니
오늘이 어제 같고 내일 또한
어제와 같을 것이란 생각에 쓸쓸해졌다.

무심코 흘러내리는 눈물도 마찬가지
나도 모르게
설움과 그리움이 공모를 한 것 같아
쓴웃음 나올 때

겨울도 한참 지나서야
멀리 제주에서 인편으로 녹비를 보내왔다.

발밑에, 둘둘 말려 있는
흘러 나가지 못한 어둠의 습하고 퀘퀘한 곰팡내

쓸쓸함이 쓸쓸함을 알아보고
손을 내밀 듯
짐을 풀어보기도 전에
오랫동안 버려졌던 것들의 표정을 알 수 있겠다.

고이고 썩으면 독毒이 된다는 걸 아는지
저기 노랑나비들
뒤뚱뒤뚱
담 너머로 눈물 한 자락씩 끌면서 간다.

새
―하멜서신

새가 몸속에 둥지를 틀었다.
둥지가 있어 밤새도록 문을 열어놓는다.
한시도 가만히 있지 못하고 재재거리고 들락거리는
새, 날개를 펴고
밤하늘을 날아 바닷가까지
멀리 은하를 건너 딴 세상까지 날아갔다가
피곤한 몸을 쉬러 오고
잠시 깃을 접었다가는
무언가에 홀린 듯 둥지를 차고 오른다.
어쩌다 비라도 오는 날이면
몸부림치면서 날카로운 부리로 쪼아대는 바람에
내 몸은 피투성이가 된다.
나는, 아침에 일어나 기침을 하듯
벌겋게 핏물로 얼룩진 이부자리를 펴서 넌다.

알을 낳지는 않는다.
어둠의 입술이 발목을 잡는다는 걸, 안다.

들국화
—하멜서신

귀또리가 밤늦도록 어둠을 쓸어대더니
뭔 일이 있기는 있었나 보다.

이태리 포플러였다 어머니는. 바람결 따라 은빛 이파리
들 뒤집으며 손을 흔드는 소리, 저녁이면 동구 밖을 향해
목 길게 빼고 발뒤꿈치를 치켜올리는 소리, 우두커니 서서
바라보는 보글보글 스프 끓는 소리, 긴 그림자로 계단을 오
르내리는 소리, 달빛 잘 드는 창가에 홀로 앉아 내쉬는 깊
고 긴 한숨 소리, 뚝 떨어지는 눈물 소리, 도둑처럼 다가오
는 여명의 푸른 발소리

국화 꽃잎마다 이슬 맺힌 걸 보면
밤새 먼 길 다녀가셨다.

맨발의 은행잎들
—하멜서신

저 돌담 길을 따라가다 보면
골목 끝, 겨울의 문턱에 서서 눈시울 적시고 있는 석장
승을
석장승의 어깨 위로
먼 바다에서 한꺼번에 몰려온 붉은 노을을 보게 될 것
이다.

끝도 없이 펼쳐진 선홍빛 노을을 배경으로
새 떼들이 화르르 날아오른 뒤
갈대숲엔 웅성거림이거나 멀리서 흔드는 손짓들이거나
잘 마른 건초 더미에서 풍기는 그리움 같은 것들이 모여
들어 다복다복 일가를 이루고 있을 것이다.

오래된 나무에 기대앉아 고개를 젖히니
더 이상은 견딜 수 없다는 듯
바닷가를 향해 몸부림치며 달려가는 맨발의 은행잎들,

오늘밤도 너는
네 안에 켜켜이 쌓여 있는 어둠의 갈피를 비집고 나와

벌어지는 입을 두 손으로 틀어막고
숨을 삼켜가며 흐느끼는 소리에 귀가 젖게 될 것이다.

비릿한 꿈길 한쪽 그늘에서

마치 엊그제의 일처럼 생생하게
밤바다를 수놓는 뭇별들의 반짝임, 풍랑을 헤치며 나아
가는 범선의 거친 숨소리, 옛 항구의 불빛들, 흔들어대는
팔과 눈물로 얼룩진 얼굴들이 떠오를 것이다.
부지런히 노를 젓고 있을 것이다.

'꼬다'라는 말
—하멜서신

옷과 식량을 거저 줄 수 없으니
오늘부터는 다 같이 새끼를 꼬라고 한다.

'꼬다'라는 말을 새로 배웠다. 양반들만 다리를 꼰다고 해
서 나와는 아무런 관계가 없는 줄 알았다. 오늘, '꼬다'라는
말이 먹고 입는 것에도 딸려 있다는 걸 처음 알았다. 상전
도 아랫것도 아닌 처지에 굶지 않으려면 새끼라도 꼬아야
하는데, 그게 알곡을 털고 남은 볏짚이란다. 먹고 남은 볏
짚을 가닥가닥 비벼서 한 줄이 되게 하는 일이란다. 위와
아래 먹을 것과 입을 것까지 얽어맨 활짝, 펼쳐놓은 그물이
따로 없다. 오갈 데 없이 버려진 우리도 어떻게든 맺고 꼬
여야 견딜 수 있는 겨울이겠다. 병영의 하늘이 이렇듯 가파
르고 시퍼런 빙벽이라는 것 또한, 절로 알겠다.

22

담을 치다
―하멜서신

햇볕 잘 드는
툇마루에 나와 앉아 있으면

눈앞에서 일렁이는 황금 들녘, 반짝이는 시냇물, 우뚝 솟은 일망대와 형형색색으로 물든 옥녀봉, 멀리 강진만灣이 내려다보이는 병풍바위 모두 내 집의 앞뜰과 뒤뜰이었다. 푸른 하늘과 소슬한 바람은 덤, 분에 넘치게 큰 부자였고 호사가豪奢家였지만 어쩌랴? 나는 그저 옮겨다 심은 나무에 불과했다. 귓속에선 병든 나뭇잎의 죽음들이 끊임없이 바스락거렸다. 한겨울이었다. 흘끔흘끔 쳐다보는 눈길들 앞에 덩그러니 서 있을 뿐 가릴 것은커녕 숨을 데도 없었다. 꽝, 꽝 못처럼 박혀 있는 설움들 뽑아내서 담을 치기 시작했다 빗살무늬로 촘촘하게.

민달팽이, 혹은 좌표들
—하멜서신

툇마루에 앉아 지는 해를 보고 있었다.

한낮에 지나간 소나기 때문이었는지
노을이 붉고 선명해서
지금의 이 자리가 어딘지 잠깐, 잊었다.
잊은 채로 잔잔한 호수의 나뭇잎처럼 떠다닐 수 있다면

어둠이 홑치마처럼 펼쳐지고 있었다.

키 작은 나뭇가지를 타고 올라가는 달팽이 한 마리
조용히, 너무도 조용하게
입지도 벗지도 않은 맨살과 맨몸으로
오로지 생의 리듬을 타고 느릿느릿 길을 가고 있었다.

방향을 일러주거나
불 밝혀놓은 목적지가 보이지 않아도

지그시 감은 두 눈이야말로 활짝 펼친 날개 아니었나?
별빛들 소란스러운 어둠의 지평선 너머로
몸의 기억을 더듬으며

오래전에 끊어진 길, 건너뛰고 싶었다.

잠꼬대
—하멜서신

옆에서 훌쩍이는 소리에 일어나
잠꼬대를 들으며
이 아이가 한밤중에도 바쁘다는 게 부러웠다.

　낯선 땅에서 함께 웃고 운 지 삼 년이니 이제 열다섯, 산
너머 산 바다 건너 바다 어둠 너머 어둠을 뚫고 가는 뱃길도
꿈길도 이젠 다 닳아 반들반들 길이 들었으련만

　따지고 보면 사람의 운명이란
뜻밖의 곳에서
전혀 뜻밖의 사고로
뒤틀리거나 길을 잃기도 하는 것이어서

　밤새 끙끙 앓으며 고향으로 가는 절룩임 또한
제 짐을 지고 끌면서
앞으로 앞으로만 힘차게 노를 젓는 일이리라.

　나 역시 창밖에 펼쳐놓은 해도海圖를 따라
아득한 어둠 속으로
별똥별 앞세우고 먼 길 떠날 시간이다.

아무 날 아무 시
—하멜서신

늦지 않게 나오라는 전갈이 왔다.

말을 전한 이는 돌아가고

캄캄해진 골목길이 배웅하듯 뒤를 따라갔다.

하나씩 둘씩 불이 켜졌다.

작은 불빛들이 힘겹게 어둠을 밀어내는 동안

감춘 것과 감출 수 없는 것까지 다 토해내라는 듯

앞산 뒷산에서 소쩍새가 울었다.

울음 속에는 하얗게 빛나는 가시들이 박혀 있었다.

수배자의 낯빛처럼 어두워진

나는, 아무 날 아무 시까지 기다릴 수 없었다.

곡신谷神에 대하여
—하멜서신

어제 본 물새는 울지 않았다.
강변에
자갈밭에
고개를 젖힌 채 부리를 내밀고 누워 있었다.

그늘 한 점 없는 한낮이었다.
잠든 것 같았다 아예, 잠 속으로 들어간 것 같았다.
고요해진 생의 풍랑들

햇살 한 조각 물고 있는 게
난파선에서 떨어져 나간 널빤지에 몸을 기댄 듯해서
외롭지 않느냐고

몇 번이나 속없이 물어볼 뻔했다.

말없이 몸을 맡기는
느닷없는 불청객을 맞아들여
생의 협곡을 건너뛰거나 비행하기도 해서 닿는

거기, 환한 대낮에도 꼭꼭 숨어 있는

아무것도 없고
아무것도 없어서 마구마구 솟아나는 잠의 빈 터, 나는

손금을 짚어가며 물새의 주변을 서성거렸다.
크게 슬플 것도 없었다.

창밖의 귀
—하멜서신

늦게까지 쿵쾅거리던 천렵꾼들의 풍악 소리가 물러가자

한동안 고요

또 다시 시끄러워지는 걸 보면
게나 고동이나 오늘은 날 받은 것 같다.

세류천의 돌돌돌 물 흐르는 소리, 버드나무 가지 낭창낭
창 허리가 휘어질 듯 흔들어대는 소리, 천렵꾼들이 흘리고
간 밥 알갱이며 음식 찌꺼기를 찾아 메기, 붕어, 꺽지, 피
라미들 시끌벅적 모여드는 소리, 허기진 새끼들이 입을 쩝
쩝거리며 받아먹는 소리, 허리띠 풀어놓고 배 두드리는 소
리……

남들 다 자는 캄캄한 밤이 되어서야
적벽 발치에 모여 잔치를 벌이는
너나 할 것 없이 한동네, 한솥밥 먹는 식구들이다.

멀리 동구 밖에서 개 짖는 소리

희미한 별빛 따라
오랫동안 잊고 지낸 얼굴들도 몇몇 와 있을 것 같아
쉿!

들창 밖에 내 놓은 귀가
가만가만 어둠을 짚어가며 엿듣고 있다.

꽃과 새
—하멜서신

백일홍 가지 끝에 새가 앉았다.
새의 무게만큼
꼭 그만큼 휘어지는 가지

새의 발밑으로 붉은 꽃들이 떨어진다.

허공에 금을 그으며 천천히 떨어지는
날지 못하는 것들

새의 눈으로 보고
새의 마음으로 날고
새의 꿈속에서 번식하고 꿈꾼다.

꽃그늘 아래 말라버린 꽃잎들이 쌓였다.

너에게 갇혀버린
내 얼굴도 거기에 있었다.

제2부

수인사修仁寺
―하멜서신

가만히 앉아 있는
노인의 웃음에는 힘이 있습니다.

손가락 하나 까딱하지 않고 남의 속을 뒤집어놓습니다.
한겨울, 산사山寺까지 동냥하러 올라온 누추한 마음도 모진
시험에 빠진 불운을 탓하던 원망도 금세 봄눈 녹듯 풀어버
립니다. 저절로 입이 트여 수만 리 밖에 옹기종기 모여 앉
은 고향의 붉은 지붕들, 줄지어 늘어선 풍차와 푸른 호수의
반짝이는 물빛, 폭풍우 치는 밤바다와 그리운 얼굴들, 깊숙
이 묻어둔 속울음까지 털어놓게 합니다. 다 털어낸 자리에

실눈처럼 뜬 초승달
날이 풀리면 점점 차오를 것입니다.

잡초를 뽑다
—하멜서신

병영성 앞마당에서
말도 안 되는 일로 다퉜습니다.

급하니까, 억울하니까 방언처럼 터졌습니다. 가슴 한복
판에 구정물로 고여 있던 말들 쏟아냈습니다. 내 소리와 손
짓 발짓이 커지면 그도 따라 화를 내며 달려들고, 작아지
면 그도 가만히 귀를 기울입니다. 혀 꼬인 말과 소리와 몸
짓이 한꺼번에 뒤엉켰으니 그도 나도 속이 터지기는 마찬
가지, 씩씩대며 돌아서다 웃음이 터졌습니다. 생각할수록
너덜너덜 물어뜯긴 운명은 제쳐 두고 고작, 풀이나 뽑다가
싸움질이라니

말이 되지 못한 비명들
비 온 뒷날의 잡초처럼 무성해졌습니다.

옻나무에 스치다
—하멜서신

그냥 지나쳤을 뿐인데
온몸이 벌겋게 부어올랐다.

따지고 보면 독毒이란, 도대체 견딜 수 없는 가려움이거
나 끈적거리는 허연 진액이거나 핏빛 선명한 나뭇잎이거나
문풍지를 비집고 들어와 뼛속으로 파고드는 바람, 텅 빈 하
늘에서 홀로 반짝이는 별빛이었다.

그리움도 마찬가지. 빼낼 수 없는 가시였고 꽉 다문 입술
이거나 벌겋게 타오르는 저녁놀이거나 시도 때도 없이 찾
아와 문을 두드리는 나무 그림자 때로는, 온 산천을 휘젓고
다니던 봄밤의 꽃가루들……

그런데
나는, 나의 이름은?

마당귀로 몰리던 소소리바람
밤새도록 끙끙 앓아도 풀리지 않는.

상수리나무
―하멜서신

한 무리의 새 떼가 상수리나무 숲으로 들어갔다.
쫓기듯
흔적 없이 아예, 지워졌다.

텅 빈 하늘은
터질 듯 붉은 노을이 가득 채웠다.

누군가 떠나야 채워지는
떠나기도 전에 벌써 채워버린, 망각의 천연스런 얼굴

여름은 한낮의 숨 가빴던 전장戰場과 상처의 시간을 감싸
기 위해 나뭇잎을 무성하게 하고, 잎들 사이사이로 문을 내
고 있는 것 같았다.

끝없이 늘어나는 어둠의 팔과 손가락으로부터
문을 닫아거는 밤의 성채들

마을 한쪽에 납작 엎드린 채 숨을 쉬는
나의 집은 늘 열려 있었다.

누구나 드나들 수 있는
밤낮이 따로 없는
길, 혹은 불안한 푸른 밤의 꿈자리였으니

늦기 전에 해가 지는 서쪽으로
다갈색으로 빛나는 지붕과 좁은 골목들, 파도와 갈매기
와 드잡이하듯 온갖 소리들로 시끌벅적한 어시장, 새벽의
항구로 갈 수밖에 없겠다.

누워서 쳐다보는 검게 그을린 천정이
밤의, 유일한 통로인 것처럼.

홍시
─하멜서신

나뭇가지 끝에서 까치가 홍시를 쪼아 먹고 있었다.
얼어붙은 채 아낌없이 몸을 내주는
죽음, 꺼져가는 불꽃이었다.

고요한 아픔이 겨울 한복판에 제 이름을 새겼다.

눈이 내렸고
조용히 흩날리는 눈발 속에
까마득히 잊혔을 것 같은 얼굴들이 떠다녔다.

한결같이 서글픈, 새가 날아가버린 하늘처럼 아득한
허공 중에 떠도는 흔적들

우두커니 서서 수평선 너머를 떠올리다
문득,
모든 헐벗은 나무들은
텅 빈 하늘에 뿌리를 내리고 뻗어간다는

춥고 어두운 길모퉁이에
등불 하나 내걸고

제 내력을 끌어안고 길 떠나고 있다는 상상을 했다.

구불구불 끝도 없이 이어지는

지구 반대편을 향해
낡고 삭아 푸석거리는 꿈에 입김을 불어넣는
내 쓸쓸한 기도는
낯선 하늘에, 뿌리를 내리기도 전에 꽝꽝 얼어붙고 있
었다.

겨울의 묵시록
―하멜서신

날이 저물고 있었다.
숲 위로 내려앉아 넓게 펼쳐지는 눈발들

하나의 세상이
통째로
함박눈 속에 묻히고 있었다.

무릎까지 푹푹 빠지는
발밑에서 바스락거리는 낙엽들
해묵은 상처를 비집고 나와 중얼거리는 혼잣말들

깊고 아득한 고요의 털끝 하나 건드리지 못했다.
나무 위로 스쳐가는 바람,

저에게 속해 있지 않은 것들 다 내려놓고
겨울 숲은
쓸쓸해진 몸의 기억조차 털어내듯 떠오르기 시작했다.

고요가 고요를 밀어내는 저 크고 느릿한
시간의 피난처

간절한 기도와 기다림에 지쳐
먼저 길을 떠난 이들도
저렇듯 가볍게 어둠의 장막 뒤편으로 사라진 것일까.

죽은 자의 이름을 떠올릴 때
어째서 먼 허공을 바라보는지, 알 것 같았다.

남씨南氏로 살아가기 1

―하멜서신

바짓가랑이에 묻은 진흙을 털어내고
샘터에 앉아 세수를 하다가

채 가시지 않은
한줌 어둠과 아침의 푸릇한 안개 사이
꺼칠하니 낯선 얼굴을 본다.

분명히 나는 나인데
내가 아닐 수도 있다는 생각, 거기

눈 감고 앉아
앞마당의 봄눈 녹듯 꿈이
내 몸속에서 녹아내리는 소리를 듣는다.

언제부터였나
허리춤에 찬 호패號牌와 상투가 제법 어울리는, 아주 오
래전부터 살아온 듯 스스럼없이 마주하는 이 아침은?

끝내는 놓쳐버릴지도 모를
가늘고 질긴

슬픔이라는 끈을 쥔
남씨를 닮아가는 얼굴이 웃고 있었다.

남씨南氏로 살아가기 2
―하멜서신

폭풍우 몰아치는 밤바다 한가운데
전후좌우로 요동치며 흔들리는 뱃전에 매달려 있으면

뒤엉킨 하늘과 바다
바닥을 모른 채
깊어가는 바닷속의 어둠

삶과 죽음의 경계마저 까맣게 지워진 길조차
어둠을 가르는 심해어처럼
머뭇거리거나 물러서지 않고 지나왔다.

이제는 새들 지저귀는 소리에 맞춰 일어나
텃밭의 채소에 눈을 주고
물 길러 나가는 이웃집 처자의 흰 목덜미를 따라가면서
먼 이국에서 새로 수혈된 피를 떠올린다.

떠올릴 때마다 내 피는 요동치며 뜨겁게 끓어올라
갓 핀 붓꽃처럼 싱싱한 아침과
낮게 깔리는 저녁의 밥 짓는 연기 속에서
정박碇泊의, 술렁거리는 취기와 멀미가 그칠 날 없으니

누군가 다가와 어깨를 툭, 치며
밤낮없이
낯선 땅에 씨 뿌리고 열매를 맺을 수 있겠냐는 물음에
나도 모르게 몸을 뒤로 빼는 것이다.

나선의 방향
—하멜서신

거센 폭풍우 앞에서
숨거나 도망치지 않았다.

오랫동안 굶주린 짐승들처럼 이빨과 발톱을 세우고 삼킬
듯이 몰려왔다. 돛을 찢고 허리를 분질러버릴 듯 달려들었
다. 돛대는 떨면서 흔들리면서 맞서 싸웠다. 이물에서 뻗어
나간 사장斜檣은 폭풍우 속으로 송곳처럼 파고들어가, 엎어
지고 자빠지는 우리들을 어둠 밖으로 끌어내려 애쓰고 있
었다. 수많은 돛줄과 활대와 늑골들 모두 울부짖으며 삐걱
거리며 자신의 운명에 맞서고 있었다. 어둠은 사라지고 아
우성만 남았다. 단순해졌다. 옆구리를 물어뜯긴 배가 공중
에 내동댕이쳐지기 전까지, 어머니의 품속 같은 평화가 찾
아오기 전까지. 지금, 여기, 꿈 밖에서도 나는 밤의 기억과
싸우는 중이다. 힘 쓸 데 없는 몸뚱이로 한없이 길고 아득
한, 언제 끝날지 모를.

고추에 대하여
―하멜서신

지난봄, 텃밭에 옮겨 심은 고추모들이
튼실하게 자라
주렁주렁 열매를 맺었습니다.

비바람에 쓰러지지 않게 지지대를 세워주고
물을 준 것도 그렇지만
오며 가며 했던 말,
조선의 고추는 화란말도 잘 알아듣는 것 같습니다.

며칠째 맹물과 소금으로 먹는 밥이 밍밍해서
고추를 따서 입에 넣고 씹었더니
화, 하고 불이 붙었습니다.

눈물 콧물 막혀 있던 설움까지 쏟아지는 걸 보면
얽히고 맺혀 있는
남의 아픔까지 속속들이 챙기느라
저렇듯 검붉게 제 가슴을 물들이는가 싶습니다.

탈관脫棺
—하멜서신

몇몇은 입을 다물고
몇몇은 무릎 꿇고
가벼워진 생의 닻을 거둬들인다.

구덩이 속으로 쏟아지는 빗줄기들

땅속으로 흘러들어
돛을 펴고
어서 빨리 먼 바다로 나가라는 듯

먼 데서 화르르 화르르 살구꽃 진다.

잘 가라거나
언젠가 또 만나자는 말 사이
한참 더 멀어졌다.

막걸리
―하멜서신

시장통 한쪽에서 막걸리 냄새가 났다.
꼭꼭 여민 포장지 틈새로 흘러 나오던 치즈 냄새를 닮
았다.

평상에 몇몇이 막걸리 사발을 놓고 둘러앉았다.
무슨 좋은 일이 있는지 낄낄거리며
주모가 내온 묵은지를 안주로 술 마시고 있었다.
가까이 다가갈수록
이 냄새는 마치 온도와 습도가 적당한 지하의 숙성실에서
푸슬푸슬 흰 곰팡이가 핀
부드럽게 목젖을 간질이며 넘어가던 냄새였다.
참 멀리까지 따라왔다.
눈으로, 단숨에 들이킨 막걸리 한 사발과 김치 한 조각

잠시 잠깐 나는
하늘 저편, 볕바른 언덕에 누워 있었다.

매일매일
—하멜서신

밖으로 나오라는 손짓이듯
뒤란으로 난 들창에 나뭇잎 그림자가 어른거린다.

들창 안팎으로 귀뚜라미 소리 요란하고
어둠은 큰 날개를 펼쳐 사방의 울음들을 감싸 안는다.

잠깐의 망설임

오늘도 머나먼 항해를 위해
늘 하던 대로 돛을 펴고 바람의 방향을 찾고 있지만

바람이 없다, 바람이 없어도
눈을 감아야 또렷하게 보이는 저기 저쪽을 향해간다.

밤도망을 치듯 슬그머니

산과 들을 넘고 지나 강으로 바다로
눈물 너머로 미리미리 표시해둔 지도를 따라서 간다.

매일매일

폭풍과 해일과 암초를 걱정하면서.

등거리
―하멜서신

다시는 일어나지 않을 것처럼
좁은 툇마루에 고단한 몸을 눕혔다.

숨 쉴 때마다 풍겨 나는 시큼한 땀 냄새
낡고 해져 구멍 난 자리마다 메우고 기운 자국들
누덕누덕 덧대고 이어붙인 게
익숙해진 삶의 민낯 같다.
하루 종일 땡볕 아래 끌고 다니던 고단한 몸을
저 등거리는 등짝과 어깨에 기록하는 것이다.
누가 봐도 한눈에 알 수 있는
고쳐 쓰거나 지울 수 없는
타고난 바탕에 덧댄 일 많아 촘촘해진 기록들이다.
아직도 채워야 할 여백이 남아 있으니
어제처럼 오늘 밤에도

쉰내 나는 하루를 정리하듯 흐르는 물에 헹궈
이슬에 젖지 않게 널어야 한다.

제3부

등뼈
―하멜서신

해질녘
빈 장마당을 가로질러
허리 굽은 노인이 비틀거리며 간다.
새까만 발목이
막걸리 한잔 걸쳤나 싶다.
이른 새벽부터 지고 온 등짐 대신 빈 지게엔
석양빛이 가득 얹혔다.
거기, 지게머리 오른쪽 끝에 매달린
굴비 두 마리

허기진 눈빛들이 들러붙어 한 번씩 뒤적였는지
허리 휜, 등뼈만 남았다.

추석 무렵
―하멜서신

툭 치며 친구처럼 다가와
어깨 위에 내려앉은 햇살들이 묻는다.

물결치는 가을 들녘이
들녘 위로 퍼져가는 새들의 돌림노래가
아름답지 않느냐고 묻는다.

가만히 눈 감고 새소리 바람 소리를 들으며
뜬금없이
지난밤, 홀로 걷던 꿈길 위에 선다.

쌀 단지 긁는 소리
숭숭 구멍 뚫린 바람벽
밤새도록 길을 지우던 안개

나에겐 저 들녘조차 투명한 벽壁
하늘까지 닿았다.

뿔, 없어도 되는
―하멜서신

느릿한 걸음걸이, 크고 뭉툭한 입, 호기심으로 벌름거리는 콧구멍, 금방이라도 눈물이 뚝뚝 떨어질 듯 순한 눈망울로는 세상 살기 힘들어 이마 위에 솟아올랐다.

채찍으로 엉덩짝을 내갈겨도
허리가 끊어질 듯 등짐이 무거워도

도대체 치켜세울 줄 모르는, 찌르거나 벨 듯 날카롭게 빛나지 않는, 있을 때는 몰라도 없으면 쓸쓸한 빈손 같은, 마음이 품을 수 없어 밖으로 밀어낸 저 뿔은 그럴듯한 농담이다. 이리저리 헤집고 궁굴려보다 갑자기 쓸쓸해지는.

잃어버리다
—하멜서신

낯선 땅에 와 살면서 나는
몸에 밴 냄새들을 다 잃어버렸다.

한겨울, 땔감을 구하러 산에 올라 갈퀴로 마른 잎을 긁
고 도끼로는 잘려 나간 나무 등걸을 내리쳐 뿌리째 캐낼 때
훅, 끼쳐올 것 같은 흙내는 없었다.

햇볕 잘 드는 장마당 한 귀퉁이에 나뭇짐을 부려놓고 앉
아 있자니, 사러 오는 사람 대신 멀리서 국밥 끓는 냄새가
흘러오는 것 같은데
헛헛한 뱃속이 먼저 뒤집혀버렸다.

뱃머리에서 찰싹이던 물결조차 숨을 죽인 밤바다의 고요
와 폭과 깊이를 알 수 없이 사방팔방으로 스멀스멀 번져가던
비릿한 안개의 기억도 사라졌다.

결코 잊을 수 없는 단 하나, 나란히 앉아 내 어깨에 머리
를 기대던 첫사랑의 달큰한 숨결과 은은하게 풍겨오던 머
릿결 냄새
꿈에도 잊지 못할 향기조차 잃어버렸다.

마량포구
─하멜서신

햇볕 좋은 날 오후
낮달처럼 홀로
포구가 내려다보이는 언덕에 앉았습니다.
탁 트인 바다라기보다는 큰 호수였고
잔잔하게 일렁이는 물결들이 앞길을 지우고 있습니다.
길이 없으니 더 갈 곳도
가봐야 무엇을 찾아야 할지도 모를 것 같습니다.
잘 있으니 걱정하지 말라고 찾지 말라고
마음에 품고 있던
간단한 안부라도 전하고 싶다는 생각이 간절해졌습니다.
생각이 오래되고 묵으면
수심처럼 깊고 고요할 줄 알았는데, 그게 아닙니다.
뾰족하고 날카로워져서는
앞뒤 순서 없이 한꺼번에 뛰쳐나오려는 통에
온몸이 들쑤시고 성한 데가 없습니다.

참았던 말문 터지듯
흰 벚꽃들이 왈칵, 쏟아지는 봄입니다.

등잔불의 역사
—하멜서신

들창을 여니
서늘한 바람 한줄기 스며들었다.
불꽃이 흔들리고 신음하며
길 잃은 아이처럼 허둥대기 시작한다.
다시 고요
풀벌레 소리조차 숨을 삼키자
또 다시 홀로, 내 심장 뛰는 소리를 듣는다.

앞마당의 목백일홍 꽃잎들 떨어지는 소리처럼
차곡차곡 적막이 쌓여가는
초가을 밤
사방에서 밀려오는 어둠을 힘겹게 젖혀놓은
여기, 빈자리가
오롯이 내 세상이다.

나 또한 꿈꾸는 소년으로 돌아가
아주 먼 옛날 말로 생각하고 웃고 떠들고 흥얼거리며
수로水路를 따라 걷고
낙타를 타고 아라비아의 사막을 횡단하기도 한다.
한번 접어든 길이 끝날 줄 모르니

이 작은 불꽃은
내일 걸어야 할 길까지 쓸어줄 것이다.

밀서를 읽는 시간

―하멜서신

무언가 다녀갔다
선잠에 깨어 봉창에 비친 눈빛을 멀건이 바라보고 있을 때.

지난밤에 온 건 눈밖에 없는데
예감이란 늘 불안한 것이어서 방문을 열고 내다보니
흰 눈 위에 찍혀 있는 기호들

알아볼 수 없게 상형문자로 쓴 글자들이다.

눈 비비고 나와 자세히 들여다보아도
누가 보냈는지
무엇을 어떻게 해야 한다는 지침을 읽어낼 겨를 없이
아침 햇살에 녹아내리는 글자들

매번 다른 방식이지만
애써 꿰맞추지 않아도 내용을 알 수 있는 건
몸에 밴 습관 때문이겠다.

기껏해야 마른 나뭇가지에 움이 트고
밭둑에 뿌리내린 개쑥처럼 버텨야 한다는 전언일 터

혹시나 하는 마음에

공중으로 이어진, 새의 발자국을 더듬더듬 따라가는 시간.

전생에 나는
—하멜서신

이교도의 말이라 믿을 수 없지만 나는
이 산의 산지기였다.
견딜 수 없을 만큼 아리고 외롭고 힘들 때
끙끙대며 오르는 산길도
병풍바위에 앉아 멍하니 보내는 시간도 헐겁다.
길가 양지쪽에 모여 있는 구절초, 수리취, 용머리, 털머
위, 금낭화, 술패랭이, 방울꽃, 부채붓꽃, 수박풀꽃, 애기
나팔꽃, 수염가리개꽃······
새로 익힌 이름들이 다정하게 말을 거는 걸 보면
들꽃들이 눈물을 닦아주고
풀숲에 숨은 길은 내 분노와 절망까지 품어주는 것 같다.
꽃과 나무와 산과 들짐승들과 더불어
바람이 부는 대로
물결이 치는 대로 흔들리며 사는 게 주어진 몫이었지만
나는
흘러가는 구름이나 꿈꾸고
바람이 불어오는 쪽으로만 거슬러 올라갔으니
환한 대낮에도 어딘가에 한 줌 어둠이 흩뿌려져 있듯
지금, 아릿한 습기濕氣로 엉켜
멀고 먼 하늘 바깥쪽을 향해 풀어내는 중이란다.

믿고 싶어도 믿을 수 없지만
이 산길을 걷고 싶은 마음조차 다 닳아질 쯤이면
훌훌 털고 딴 세상으로 돌아갈 것이라는 노스님의 말에
무릎걸음으로 다가앉아
두 귀를 쫑긋 세우기도 하는 것이다.

눈 밖에 나다
—하멜서신

참 다행스럽게도
내 손끝에는 눈이 달려 있는 듯합니다.

어린 시절, 광장 한복판에 우뚝 솟은 성당 앞 공터에서 놀았습니다. 예전에 어른들이 도끼로 쳐서 깨버렸다는˚ 몸통과 몸통에서 떨어져 나간 머리들 사이로 뛰어다녔습니다. 놀다가 지치면 머리 위에 걸터앉아 땀을 식혔습니다.

자세히 보면 할아버지처럼 따스한, 조금은 무뚝뚝하고 근엄한, 먼 데를 꿈꾸는 눈과 표정들이었습니다. 오로지 말씀과 기도가 전부라고 나머지는 헛것이라고 배웠지만, 어느 때부터 그 헛것들이 바다 건너 이곳까지 따라왔습니다. 그중 하나

끌과 손칼로, 깨진 조각들을 모으고 깎고 다듬어 햇볕 잘 드는 창가에 모셨습니다. 어느 누가 뭐라고 해도 하루빨리 옛 도시로 가고 싶다는, 모진 시험에서 벗어나게 해달라는 말을 꼭 전해달라고 매달렸습니다. 매달릴 때마다

당신은 조용히 웃고 있지만

몇 번의 봄이 왔다가 가고 또 지나가고 있습니다.

* 16세기 중반 이후 네덜란드 전역에서 성상파괴운동이 일어났다.

비질을 하다
―하멜서신

아침 일찍 일어나
한 뼘이나 됨직한 마당을 쓴다.

싸리비가 한 번 지나갈 때마다
미처 달아나지 못한 어둠의 부스러기들, 지난밤 내내 머
뭇거리던 발자국들, 반짝이는 햇볕 알갱이들, 시원하게 쓸
려 나가며 길을 만든다.

길 위에
빗살무늬로 퍼져가는 문양들

누군가의 첫걸음도 이렇게
멀리서 오는 소식처럼
환하게 웃으며 피우는 꽃 그림일 것 같아

부지런히 쓸고 닦지만
길 끝에는 늘 젖어 있는 내 작은 방이 있다.

햇볕보다 먼저 들어앉은 어둠이
꽃을 피우는
거기, 웅크린 채 뿌리내린 적막이 있다.

맨발
—하멜서신

또 하루가 지나고
밤이 왔다.
가야 할 길은 더 가깝고 선명해졌다.

머리를 풀어 헤치고
신발도 벗어놓고
차례를 기다리는 초막草幕˚에 와 누웠다.

누군가 멀리서 침을 뱉고
지나간 자리에
향기 없는 꽃들이 불쑥불쑥 솟아올랐다.

서로 다른 방향에서 몰려온 새들이
빙빙 돌고 간 뒤
문 앞에 떨궈놓은 울음 조각들이 버석거렸다.

부르튼 맨발로
왔던 길, 되돌아갈 수는 없겠다.

˚ 전염병이 돌면, 마을에서 멀리 떨어진 곳에 환자를 격리하던 공간.

보리개떡
―하멜서신

우리 가문에 어디에도 비렁뱅이의 기록은 없다. 피 흘려 얻은 독립국의 자랑스러운 전사였고 당당한 시민이었다. 나 역시 대서양을 지나 희망봉을 넘어 인도양으로 인도양을 거쳐 타이완으로 일본으로 난바다의 격랑을 헤치며 달리는 바다의 마부*였다.

장마당에서 잡초를 뽑다가 잠시 쉬기까지는

쏟아지는 햇살을 밀어내며 밀리며 앉은걸음으로 한 발 한 발 적막을 헤집고 있었다. 들리는 것이라곤 뿌리 뽑힌 것들이 내뱉는 탄식과 이대로 뿌리내릴 수도 있겠다는 불안한 술렁임이 전부였다. 이따금 발바닥이 따가워진 새가 귀찮은 듯 날아올랐다.

허기를 달래가며 물 한 모금 마실 때

저만치 떨어져서 바라보던 아이가 입에 문, 반들반들 까 맣게 윤이 나는 조약돌 닮은 보리개떡, 천연스럽게 떼어 물고 질겅질겅 씹는 소리에 온 천지의 고요와 적막이 텅 빈 뱃 속을 훑고 지나갔다. 천둥처럼 새삼스러울 것도 없었다. 눈을 감고, 출구 없는 빛 속에서 나는 다시 써야 할 내 이력履歷에 대해 묻고 또 물었다.

• 17세기 네덜란드인들에 대한 칭호.

다락방
—하멜서신

처마 밑에 뿌리를 내리고
거꾸로 매달려서 몸을 키워가는 집이다.

하늘 아닌 지상을 향해 창을 낸
와르르 쏟아질 것 같은
수많은 방들이 다닥다닥 붙어 있었다.

거꾸로 매달린 채 집을 짓는
여러 개의 방들을 칸칸이 붙여놓는 바다리®들
입으로 날갯짓으로 이어붙이는
정밀의 기하학, 작은 다락방을 바라보았다.

거기, 발자국이 오밀조밀 찍혀 있는 층계를 올라가면
혼잣말이 배어 있는 벽과
작은 몸을 감싸주던 낮은 천장과
웅크린 채 잠 속으로 흘러가던 우주가 있었다.

벌들이 쉬지 않고
좁고 어두운 방에 침묵과 고요의 알을 낳듯이

지붕으로 나 있는, 마감질이 끝나지 않은 저 구멍들은
내 안에 밀봉된 깊은 꿈이거나
절망이거나
하나씩 풀어놓고 찬찬히 내려다보는 눈빛이었다.

● 쌍살벌의 우리말 이름.

낫과 호미
—하멜서신

깨질 듯 쨍쨍한 햇볕 아래 쪼그리고 일했다. 밭둑의 풀을 베고 오후엔 김을 매고 있었다. 기다리는 비 소식 대신 먼지만 풀풀 날렸다.

활짝 열어젖힌 방문으로
자울자울 밀려드는 흰 달빛들

낫과 호미를 쥐고 누웠다. 베어낼수록 더 깊게 뿌리내리는 것들에 대해 골똘했다. 자꾸만 길을 잃었다.

아무개들
―하멜서신

멀리 노적봉露積峰을 바라보며
잔뜩 웅크린 지붕들
지붕을 이고 서 있는 비뚜름한 기둥들
삐걱대며 열고 닫히는 사립문들
숭숭 구멍 뚫린 울타리와
울타리를 감싸 안고 힘겹게 올라가는 호박 넝쿨들
고개를 들지 않아도 보이는 겉늙은 아낙네의 주름살과
저녁의 굴뚝으로 피어올라
온 동네 골목골목 번져가는 밥 짓는 연기들
빈 지게로 돌아오는
땡볕 아래 흘린 땀으로 길이 나 있는 꾀죄죄한 얼굴들
이웃집 제삿날과 숟가락 숫자까지 꿰고 있는
보리밥과 풀죽으로 연명하면서도
어느 누구를 탓하거나 원망할 줄 모르는 사람들
양반의 행차 앞에서는
가던 길 멈추고 길바닥에 납작 엎드리는 허름한 등짝들

일자무식, 까막눈이어도
하늘의 표정부터 읽어보는 저 숱한 아무개들.

제4부

틈

—하멜서신

둥근 달을 가로질러 날아가는 기러기들

삼각 대형이다.

흐트러지지 않고 어둠의 씨줄과 날줄 사이로 빠져나가
는 날개들

그대로 직진直進이다.

뒤에 남은 적막이

아프다.

절반의 기억들
—하멜서신

풍경이 사라졌다. 납작하게 엎드린 지붕들, 쩍쩍 금이 간 논바닥과 죽은 채 서 있는 벼포기들, 멀리 이어지는 들길도 길바닥의 지렁이처럼 말라붙었다. 환한 대낮이 틀림없는데 움직이는 것이라곤 눈 씻고 찾아볼 수 없었다. 한낮의 태양이 풍경을 지우고 그 자리에 고요를 쌓았다. 투명한 고요가 유리벽처럼 쌓였다. 어쩌다 나뭇잎이 흔들렸지만 고요는 두껍고 단단해서 바람 한 줄기 스며들 틈이 없었다. 앞뒤 없이 술렁거리는 기억들만 바빴다. 두 무릎을 감싸 안고 앉아 있는 귓속에서

쉴 새 없이 중얼거렸다
아주 먼 곳으로 옮겨놓았다.

묘책
—하멜서신

저녁나절에 봄비가 왔다.

자자하니 비꽃들 피고

온 동네 길바닥들은 혀를 길게 빼물고 쩝쩝거렸다.

대책 없이 누워 있던

새카맣게 속이 타들어가던 어린모들도 겨우 눈을 떴다.

참는 김에 조금만 더 참으면

어디든 뿌리를 내리면 같은 하늘과 땅 아니겠냐는

따듯한 실낱 같은 위로였다.

당분간, 묘책이 없어도 좋겠다.

영암 월출산
―하멜서신

고갯마루에 앉아
땅거미가 산을 지우는 걸 보고 있었다.

땅거미는 발끝에서 허리로
허리에서 산마루를 향해 천천히 올라가고 있었다.
뒤를 따르는 검은 망각들

솔숲이며 골짜기며 울퉁불퉁한 바위의 근골들
하나같이 어둠 속에 들어
제 안에 맺혀 있는 것들을 풀어내고 있었다.

입을 꽉 다물고
일몰의 잔광처럼 남아 있는 기억까지 토해내는 시간이
었다.

깊이를 알 수 없이 번져가는 어둠의 늪 속에서
마지막 남은 자존의 증거이듯
하늘과 땅 사이를 갈라놓는 저 뚜렷한 결기

소리 없이 허공으로 밀어 올린 산봉우리들을 바라보면서

상처 입은 짐승으로 웅크린 채
앉아 있었다. 먹물을 뒤집어쓴 얼굴로

까마득히 잊고 있던
큰 산의 깊고 검은 눈빛을 찾고 또 찾았다.

흩날리는 벚꽃들
—하멜서신

산으로 가는 길이 이어지는 걸 보고 있었다. 허리를 굽힌 채
한 걸음 한 걸음, 조용하게
구불구불 하얗게 빛나는 띠를 만들고 있었다.
저 높은 곳을 향해

푸른 산천의 초목들이 낯설게 다가왔다.

흰 벚꽃들이 바람에 날리고 있었다.
꽃 핀 자리를 떠난
헤아릴 수 없이 많은 꽃잎들이
소리 없이, 눈발처럼 흩날리면서 허공을 채우고 있었다.

오늘은
부처님 오신 날이라고 했다
기다리다 지쳐 줄지어 맞이하러 가는 중이라고.

누군가를 맞이하러 가는 길에
헐벗고 서럽고 다정하던 얼굴들은 모두 어디를 갔나.
활짝 꽃 피운 슬픔들

자꾸만 사방을 둘러보았다.

마음 안쪽에서 뱃길을 따라 올라오는 봄바람이다.
나의 사랑도, 천천히
아주 천천히 허물어지는 기다림의 발목을 어루만지듯
다가올 것이라고 설령, 잊었다고 해도

외롭지 않았다.
오늘만큼은 아프지 않았다.

초분草墳 앞에서
—하멜서신

나막신을 팔러 다니다가
마을 입구에 모셔놓은 초분을 보았다.
먼 길 떠나기 위해
무겁게 지고 다니던 몸을 덜어내는 곳이라고 하는데
이엉으로 덮은 무덤은
푸른 하늘을 향해 배를 띄워놓은 형상이었다.

비바람에 젖고 마르기를 반복하며 삭은 몸이
흙으로 한 점 먼지로 돌아가고
맺힌 것은 밤하늘에 가시처럼 박혀 반짝이는 별이 되거나
풀어진 것들은 무리지어
강물처럼 먼 바다로 흘러가고 있다는 생각을 했다.

바싹 말라버린 흰 뼈들은
돛대 위에 내려앉아 잠시 숨을 고르는 갈매기들이었다.
너무 멀리 돌아다녀
아직은 제멋대로 날기에 힘이 부친
허공 위에, 뼛속을 긁어가며 계단을 쌓는 중이었다.

해풍에 땀을 식히며

바다가 내려다보이는 외딴 집이 낯설지 않았다.

누군가 멀리서 손짓하며 불러대는 소리가 들리지 않았
다면

노새처럼 끌고 온 길 걸어놓고

나무 그늘 아래 발 뻗고 누워 잠들 뻔했다.

한가하다는 것
—하멜서신

멀리 해변이 내려다보이는 풀밭에
소나무 몇 그루
소 한 마리가 느릿느릿 풀을 뜯고 있었다.

석양이 바다 쪽으로 기울어가고, 이제는 생각을 멈출 때
가 다가오고 있었다. 흘러 나간 것들은 벌써 붉게 번졌다.

말이 없었다. 소는
천천히 음미하며 되새김질을 하고 있었다.
뭔가 떠오른 듯 눈망울을 굴리다가
다시 풀을 뜯고, 넓은 등 위엔 어스름이 내려앉았다.

돌이켜보면
가끔씩 꼬리로 제 등짝을 툭툭 치는 저 한가로움은
느리게 펼쳐놓는 생의 물결이 아니라
누군가의 시선 앞에, 대책 없는 기다림이었다.

고삐를 잡아끄는 사람은 없어도
때가 되었다는 손짓이듯
아랫마을이 하나씩 둘씩 등불을 켜기 시작했다.

귀를 막다
─하멜서신

길이 떠나고 난 자리가 온통 구멍이다.
언제 떠난다는
어디로 간다는 귀띔조차 없었으니
애시당초, 길은 내 안에 속해 있지 않았던 거다.
여운조차 남기지 않은
길이 빠져나간 내 몸의 사방은 왜 이리 깊고 어두운가.
오래전에 덮어둔 채 던져놓은 어둠 속에서
침묵과 침묵이 몸을 부딪쳐
흠집내며 질러대는 아우성이 이와 같은가.
그러니 숨죽이고
느닷없이 사라진 발자국 소리, 부재의 흔적을 찾아
나설 수밖에 없다.

더 이상 갈 수 없는 길 끝에도
더듬더듬 찾아야 할 길이 있다고 믿으면서.

조선의 땡삐들
—하멜서신

이것은 분노가 아니다.

저들끼리 모여 사는

양지 뜸, 은자隱者들의 부릅뜬 자존심이다.

건드리면 누구라도

이 세상 끝까지 쫓아가 요절을 내겠다는 거다.

눈길은 물론

아예 관심조차 끊으라는 거다.

보란 듯이 시위도 하며

조용히 한 나라를 이루고 다스리겠다는 거다.

그런데 저기

홀로 가는 쓸쓸함은 또 뭐지?

강진 아리랑
―하멜서신

소금을 구하러 멀리 강진까지 와서
장마당 한복판에 선다.

여기서부터 해남
장흥
마량 바닷가
동서남북으로 뿔뿔이 흩어지는

들로
산으로
눈물 너머로
밤중에도 스스로 빛을 내는, 길 위에 선다.

생각만 해도
벌써 몇 십 리쯤 앞서가는 길이다.

오월
―하멜서신

숨 쉬는 것들의 기척조차 없었다.
하릴없이 나는
햇볕 쨍쨍한 하늘을 향해 돌팔매질했다.
쨍그랑, 파열음 대신
마삭줄꽃이 빙글빙글 돌며 떨어졌다.

바람 한 점 없는 공중에
하얀 꽃잎들,
잘 봉인된 시간의 언저리에 닿았다.
하얗게 지워진 기억들 저편에서 천천히
풍차가 돌기 시작했다.

구름의 장례식
―하멜서신

구름 한 점 없는 날이 계속되었다.

공중을 오가던 구름들이 아예 딴 세상으로 떠나갔다.

죽은 구름이

산 구름들 불러 모아 다 데리고 갔는지 행방을 알 수 없었다.

쩍쩍 갈라진 논밭과 유리 조각처럼 날카로운 땡볕들만 남았다.

뒤늦게 먼 길 가던 새털구름이 떨어뜨린 깃털인 양

뜬소문들이

갯내조차 말라붙은 강을 건너와 천지사방으로 돌아다녔다.

햇볕 닿지 않는 곳으로

올겨울도, 발 없는 영혼들 함께 몰려가겠다.

병영을 떠나며
―하멜서신

덜거덕거리는 달구지를 끌고 밀며 산모롱이를 돌다
뒤를 돌아보는데
조금 전에 떠나온 저기, 참 멀다.

눈발 뒤로 아득하게
병영의 성곽이며 옹기종기 모여 앉은 낮은 지붕들이 지
워지고 있다.
조금씩 그리고 한꺼번에

일곱 해를 걸어 다닌 골목들, 비바람과 눈보라를 막아주
던 오두막, 황금물결로 일렁이던 들녘과 오로지 내 것이었
던 손바닥만 한 텃밭, 어둠보다 질긴 설움을 씹어가며 버티
던 수많은 밤들, 글썽이던 이웃들

마지막 이별의 손짓이듯 사방으로 흩날리는
오랜 기억들을 덮어버리는
눈물보다 먼저 앞을 가리는 뿌연 장막들

두텁게 펼쳐진 장막을 들추며
언젠가 다시 만날 수 있을까,라는 '언젠가'는

늘 위험천만한 고문이었다.

살 만한 곳을 찾아다니며 둥지를 트는 새가 아니었다.
나는

아무리 멀리 날아도
때가 되면 정해진 자리로 서둘러 돌아와야만 하는
묶여 있는 슬픔에 불과했으니

거세게 몰아치는 눈발 속에 떠나는 길이
가파른 벼랑일지라도
막막할 것 없겠다, 뒤를 돌아볼 일 없겠다.

금강천
―하멜서신

장흥으로 가는 내내
눈을 뒤집어쓰고 시퍼렇게 언 입술로
끌끌끌끌
가파른 길에선 혀를 길게 차며 따라옵니다.
이웃동네로 마실 가는 게 아니라는 걸 알고 있나 봅니다.
이렇듯 멀리까지 배웅하는 걸 보면
눈밭 너머 어디에도
덥석, 잡아줄 손은 없는 듯합니다.

없는 길로 다녔으니
더 잃어버릴 것은 없겠습니다.

자유를 향한 정념의 서사, 고요한 뿔의 결기

김문주(문학평론가 · 영남대 교수)

1.

  신덕룡의 네 번째 시집의 모든 시편은 '하멜서신'이라는
명명을 부제로 달고 있다. 특정한 제목을 달고 몇 편이나
십 수 편의 연작을 꾸리는 일은 새로울 게 없는 작업이지만
한 권의 시집 전체를 특정한 부제에 바치는 경우는 흔한 일
은 아니다. 세 번째 시집『아름다운 도둑』(2013.2) 이후 삼
년 만에 펴내는 이번 시집은 시인의 그간의 내면적 정황을
지시하고, 나아가 그의 시세계와 삶의 향방마저도 예고하
는 중요한 전환점으로 보인다.

  시집에 수록되지 않은 작품들이 있다고 하더라도 시인은
만 삼 년의 세월을 하멜의 내면으로 산 셈이다. 특정한 정
황에 놓인 '어떤' 심정을 자신의 것으로 삼아 진술되는 게 서
정시의 오래된 전통이라는 점을 감안하면 시-창작의 심리
적 토대는 본질적으로 극이라고 할 수 있을진대, '하멜'을
모든 시편의 발신자로 한『하멜서신』은 삼 년 동안 진행된

서정-극의 소산이라고 할 수 있을 것이다. 조선 땅에 표류하여 한때를 이곳에서 살았고『하멜표류기』(혹은 하멜일지)를 통해 코레아에 대한 관심을 유럽에 불러일으켰다고 알려진 '하멜', 그 하멜을 시인은 60편에 달하는 시편들에서 내내 호명한다. 그로 하여금 이 전면적이고 도저한, 심정적 표상에 침전되게 한 이유는 무엇일까. 조선에 체류하던 기간에 비해 형편없이 간략한, 그것도 주요 사실들을 중심으로 기록된 하멜 일지를 '하멜의 서신'으로 바꾸어, 적지 않은 시간 동안 하멜이라는 가면/ 내면으로 이 세계와 마주하게 한 정념의 동기는 어떤 것이었을까.

네덜란드 호르쿰에서 태어나 인도네시아 바타비아(자카르타)에 본부를 둔 동인도 회사에 소속되어 선박의 서기로 일했던 헨드릭 하멜(Hendrick Hamel, 1630~1692)은 1653년 7월 스페르베르 호를 타고 대만을 떠나 나가사키로 가던 도중 태풍을 만나 제주도에 표류하였다. 승무원 64명 중 28명이 죽고 36명만이 생존하여 시작하게 된 낯선 조선 땅에서의 체류는 1666년 9월까지 무려 13년 20일 동안 계속된다. 제주도에 표류한 이듬해에 서울로 압송되어 훈련도감에 편입되었다가 청나라 사신을 통해 탈출을 기도한 사건이 터진 이후, 이들은 1656년부터 1663년까지 7년 동안 전라 병영에 유배되었으며 3년여의 대기근으로 인해 여수, 순천, 남원 등의 지역으로 흩어져 배속된다. 이때까지 생존 인원은 22명, 1666년 9월 하멜 일행(총 8명)은 일본으로 탈출하였고 이듬해 고국으로 돌아간다. 조선 땅에 잔류한 8명을 포함하여 최종적으로 자신의 나라로 돌아간 인원은 최초 64명 중 16명에 불과하였다. 제주 땅에 발을 디딘 후 서울로 호송되었다가 다시 전라 병영으로, 그리고 인근 지역으로 흩어졌다가 일본으로 탈출하기까지 모두 세 차례의 탈출을 기도하였으며, 이들의 체류 경험을 담은『하멜표류기』(『하멜일지』와『조선왕국기』포함)는 유럽에서 '코레아'에 대한 가장 중요한 자료로써 읽혀졌다. 이 자료를 남긴 하멜은 부르주아 출신으로 상선商船에서 장교급에 속하는 서기 일을 맡았으며 조선에 잔류한 동료들과 함께 1670년 고국으로 돌아간 뒤 줄곧 독신으로 살다가 고향 호르쿰 시에서 사망하였다.

시집에 중요한 단서가 되었을 하멜의 일지는 분량이 많지 않고 내용도 소략하지만『하멜서신』의 기본적인 자양이 된 것으로 보인다. 그것은 이 시집이 하멜의 자료를 기초로 하여 구성된 내면의 기록임을 뜻한다. 시집의 모두에 서술된 〈시인의 말〉은『하멜서신』을 관류하는 정념을 압축적으로 드러낸다.

병영에서 만난 그는/ 눈을 맞으며 우두커니 서 있었다./ 유배 아닌 유배로 이곳에서 칠 년을 살았다./ 이제는 내 이야기를/ 해야 하지 않겠냐는 표정이었다./ 억울함과 분노, 고통과 절망과 그리움이 뒤섞인/ 그의 눈빛이 몸속에 스며들었다./ 낯익은 슬픔이었다.

여기에서 병영이란 하멜 일행이 서울에 있다가 남쪽으로 내려와 정주하게 된 '전라 병영'을 말하는데, 실제로 하멜은 이곳에서 7년을 보냈다. "유배 아닌 유배"지로 명명한 '전라 병영에서의 삶'을 시인은 "억울함과 분노, 고통과 절망과 그리움이 뒤섞인 그의 눈빛"으로 정리한다. "이제는 내 이야기를 해야 하지 않겠냐"는 언술로 미루어 본다면, 이 시집은 소략하게 기술된 하멜일지의 행간, 그 행간에 내장되어 있을 사적 정념의 기록임을 예고한다. 『하멜표류기』는 전라 병영을 떠나는 하멜의 내면을 다음과 같이 적고 있다.

> 이렇게 헤어지게 되니 몹시 슬펐다. 이곳에서 이 나라 관습에 따라 집, 가구, 조그마한 텃밭을 마련하여 그런대로 안정된 삶을 살았었는데, 몹시 이렇게 장만한 이런 것들을 다 두고서 떠나야 하게 되었다. 이렇게 어려운 시절이 계속되면 새로운 고장으로 옮겨가도 이만큼 편안하지는 않을 것 같았다. 그러나 이 슬픔은 구출된 사람에게는 (역자 주: 다시 말해서 일본으로 탈출한 사람들에게는) 기쁨으로 변하게 되었다.

4년간에 걸쳐 계속된 대기근으로 인해 전라 병영을 떠나면서 하멜은 안정된 삶을 두고 가야 하는 아쉬움과 앞으로 전개될 어려움에 대한 염려를 표명하고 있다. 조선 땅에서 보냈던 13년 중 7년을 살았던 '전라 병영' 기간은 이들에게 상대적으로 괜찮은 생활의 안정을 주었던 듯하다. 표류인들 중에 조선인 아내를 얻어 자식까지 낳았던 이들이 적지 않았다는 하멜 일행의 또다른 진술(에포켄)을 감안하면, '전라-병영기' 7년은 이역異域이긴 하지만 비교적 안정적인 일상이 가능했던 시간으로 보인다.

　다시 〈시인의 말〉을 상기하자면, 병영에서 만난 하멜에게서 시인은 "낯익은 슬픔"을 보았다고 적고 있는 바, 이때의 '낯'이란 자기—내면과의 조우일 것이어서 이 시집은 하멜의 '가면'을 쓰고 기록한 삶의 정념이라 할 수 있을 것이다. 좀처럼 자신의 고통을 바깥으로 드러내지 않는 외유내강의 고요한 성정, '내밀의 충일함과 미더움을 갖춘 청청한 선비의 품성'(김종회)을 지닌 시인에게 이 시집은 어찌 보면 저『하멜표류기』의 행간에 엉켜 있을 펄펄 끓는 정념처럼, 그간의 삶에서 꺼내놓지 않은, "이제는" 해야 할 "내 이야기"의 서막에 속한 것이리라. 그러한 점에서 이 시집은 신덕룡 시세계의 중요한 전환점이 될 것이다.

2.

　『하멜서신』은 개별 시편에 동일한 부제를 나중에 단 경우라기보다 일정 기간을 고스란히 특정한 인물의 정념으로 산 내면의 기록이라고 할 수 있다. 낯선 땅에 표류하여 청·장년기를 보낸 하멜에 자신을 투사한 60편의 시는 서정시의 핵심 전통인 단일 화자를 한 권의 시집으로 확대한 사례이다. 하멜의 '낯'을 시집 한 권 분량의 시를 창작하는 기간 동안 지속할 수 있었던 것은, 무엇보다 시인의 내면이 하멜의 정황 속에서 보다 핍진하게 드러날 수 있었기 때문일 것이다. 이역異域 땅에 내던져진 외부자로서, 정착할 수 없는 이방인으로서, 그리고 느닷없이 들이닥친 운명을 살아야 했던 비탄의 인물로서 하멜은 시인이 토로하고자 했던 정념을 그 자체로서 상당한 수준에서 구현할 수 있는 효과적인 퍼스나였던 것으로 보인다.

① 볕이 잘 드는 토담에 등 대고 앉아/ 먼 하늘을 보고 있자니 (⋯) 겨울도 한참 지나서야/ 멀리 제주에서 인편으로 녹비를 보내왔다.

— 「녹비鹿皮」에서

② 옷과 식량을 거저 줄 수 없으니/ 오늘부터는 다 같이 새끼를 꼬라고 한다.// '꼬다'라는 말을 새로 배웠다. 양반들만 다리를 꼰다고 해서 나와는 아무런 관계가 없는 줄 알았다. 오늘, '꼬다'라는 말이 먹고 입는 것에도 딸려 있다는 걸 처음 알았다.

— 「'꼬다'라는 말」에서

③ 시장통 한쪽에서 막걸리 냄새가 났다./ 꼭꼭 여민 포장지 틈새로 흘러 나오던 치즈 냄새를 닮았다. (⋯) 가까이 다가갈수록/ 이 냄새는 마치 온도와 습도가 적당한 지하의

숙성실에서/ 푸슬푸슬 흰 곰팡이가 핀/ 부드럽게 목젖을
간질이며 넘어가던 냄새였다. (…) 잠시 잠깐 나는/ 하늘 저
편, 볕바른 언덕에 누워 있었다.

—「막걸리」에서

④ 숨 쉴 때마다 풍겨 나는 시큼한 땀 냄새/ 낡고 해져 구
멍 난 자리마다 메우고 기운 자국들/ 누덕누덕 덧대고 이
어붙인 게/ 익숙해진 삶의 민낯 같다./ 하루 종일 땡볕 아
래 끌고 다니던 고단한 몸을/ 저 등거리는 등짝과 어깨에
기록하는 것이다.

—「등거리」에서

『하멜표류기』는 17세기 중반의 조선의 정치·경제·사
회·문화적 상황을 두루 살필 수 있는 단서들이 적잖게 담겨
있는 자료이다. 특히 이 책의 사료적 가치는, 서술자가 당대
사회의 이방인이어서 조선의 사상事象을 낯선 시각에서 기술
하고 있다는 점에서 기인한다. 『하멜서신』은 기본적으로 하
멜의 시선을 취하고 있어서 『하멜표류기』의 내용을 시적 정
황으로 삼고 있다. 이를 테면 위의 ①과 ②는 하멜의 일지
를 바탕으로 한 것으로 ①은 난파된 배에 남아 있던 녹비鹿
皮의 일부를 나중에 받게 되는 정황 위에 서술되었고 ②는 전
라 병영기 이후의 기록(1666)이기는 하지만 매일 일백 패덤
(약 180m)의 새끼를 꼬라는 좌수사의 지시를 담은 짧은 문
장에서 발단한 작품이다. 하멜의 퍼스나를 통해 특정한 내

면적 정황이 조성되고 이러한 내면에서 익숙한 어휘가 새로운 발상의 계기가 되고 있다는 점에서 위의 작품들은 이 시집의 기본 전략과 효과를 잘 드러내준다. ②가 언어-이방인의 시점에서 어휘가 지닌 의미를 갱신함으로써 시적 사유를 펼쳐낸 경우라면 ③은 감각의 타자를 화자로 취함으로써 이곳의 사상事象을 낯선 것으로, 혹은 우수의 시적 대상으로 전환시킨다. 하멜이라는 17세기의 인물을 화자로 삼아 시인은 지금-이곳을 새롭게 가로지르는 것이다. 그러나 이러한 '화자'의 전략은 무엇보다 '하멜'이라는 존재가 생의 슬픔과 비극성을 탁월하게 드러낼 수 있는 표상이라는 점에 놓여 있는 듯하다. 일할 때 등에 걸쳐 입는 베옷인 '등거리'를 제재로 삼고 있는 ④는 '하멜'의 시선 속에서 고단한 삶의 생생한 사물로써 새롭게 발견된 것이라 할 수 있다. 이 작품의 내용은, 어찌 보면 소품에 속하는 앞의 세 편의 작품들과 달리 이 시집의 가장 중요한 정념을 표명한 것인데, 이는 다음 작품들에서 보다 분명하게 형상화되어 있다.

이건 악몽일 뿐이야 누군가의 꿈속에 끌려왔을 뿐이라고/ 고개를 흔들어보지만/ 지금 여기, 왜 왔는지조차 알수 없습니다.

— 「풋잠에 들다」 부분

따지고 보면 사람의 운명이란/ 뜻밖의 곳에서/ 전혀 뜻밖의 사고로/ 뒤틀리거나 길을 잃기도 하는 것이어서// 밤

새 끙끙 앓으며 고향으로 가는 절룩임 또한/ 제 짐을 지고
끌면서/ 앞으로 앞으로만 힘차게 노를 젓는 일이리라.

—「잠꼬대」 부분

위의 시편들은 이 시집이 '하멜'이라는 화자를 통해 형상
화하고자 한 정념을 단적으로 보여준다. 17세기 유럽의 부
르주아 출신의 청년이 태풍을 만나 낯선 땅에 표류하여 무려
13년의 세월을 보낸 하멜의 서사는 "지금 여기, 왜 왔는지조
차 알 수 없"는 '악몽의 삶', 그 '내던져진 삶'으로써 생의 비극
성과 운명의 폭력성을 효과적으로 드러내는 탁월한 生의 비
유가 된다. "누군가의 꿈속에 끌려왔을 뿐이라고 고개를 흔
들어보"는 저 퍼스나의 고통의 몸짓은 그 자체로서 생의 비
극성에 대한 절절한 형상인 것이다. 하멜이라는 가면의 열
린 입, 그 먹먹한 어둠의 구멍을 통해 흘러나오는 고통의 언
어들은 문학의 가장 오랜 주제인 유기遺棄된 생의 비극성과
폭력성을 생생하게 그려낸다. "벌어지는 입을 두 손으로 틀
어막고/ 숨을 삼켜가며 흐느끼는 소리에 귀가 젖"(「맨발의 은
행잎들」)고 "바람이 부는 대로/ 물결이 치는 대로 흔들리며 사
는 게 주어진 몫이"(「전생에 나는」)라는, 이러한 『하멜서신』 곳
곳에 산재한 퍼스나의 고백은 잠과 꿈(악몽)으로서의 생, 그
것의 이물감을 생생하게 드러내준다.

　　오랫동안 굶주린 짐승들처럼 이빨과 발톱을 세우고 삼
　　킬 듯이 몰려왔다. 돛을 찢고 허리를 분질러버릴 듯 달려들

었다. 돛대는 떨면서 흔들리면서 맞서 싸웠다. 이물에서 뻗어 나간 사장斜檣은 폭풍우 속으로 송곳처럼 파고들어가, 엎어지고 자빠지는 우리들을 어둠 밖으로 끌어내려 애쓰고 있었다. 수많은 돛줄과 활대와 늑골들 모두 울부짖으며 삐걱거리며 자신의 운명에 맞서고 있었다. 어둠은 사라지고 아우성만 남았다. 단순해졌다. 옆구리를 물어뜯긴 배가 공중에 내동댕이쳐지기 전까지, 어머니의 품속 같은 평화가 찾아오기 전까지. 지금, 여기, 꿈 밖에서도 나는 밤의 기억과 싸우는 중이다. 힘 쓸 데 없는 몸뚱이로 한없이 길고 아득한, 언제 끝날지 모를.

— 「나선의 방향」 2연

하멜의 서사 위에, 그의 시선을 통해 그려진 생에 관한 이미지 중에 가장 박진감 넘치면서 시집 전체의 기저를 이루는 것은 파도와 싸우는 (난파) 바다의 형상이다. 유서 깊은 이 오랜 이미지가 신덕룡의 시를 통해 더욱 핍진하고 새로운 것으로서 복원되는데, "돛을 찢고 허리를 분질러버릴 듯 달려드는" 파도·바람, "엎어지고 자빠지"며 "삐걱거리"고 "울부짖"는 배 내부의 풍경은 생의 폭력성, 수난受難으로서의 생을 탁월하게 드러낸다. 시인은 이러한 수난의 도저함과 집요함을 "꿈 밖에서도 나는 밤의 기억과 싸우는 중"이라고 적고 있다. '나선의 방향'이라는 시의 제목은 이 싸움이 "언제 끝날지 모를" "한없이 길고 아득한", 막막하고 지난하면서도 근본적으로 출구 없는 고투임을 암시한다. 바다의 파도, 혹은 바람이 만들어내는 나선의 한쪽은 밑으로 좁혀져 존재를 소멸시키고, 나머지 한쪽은 텅 빈 간극을 두고 하늘을 향해 열려 있다.

"어머니의 품속 같은 평화"는 과연 이 生에서 가능한가?

낯선 조선 땅에서 13년을 보낸 하멜의 서사와 시선 위에 구성된『하멜서신』은 이방인으로서의 삶, 내동댕이쳐진 생의 폭력성을 하멜의 마스크를 통해 효과적으로 형상화한다. 이 시집에 담긴 생에 대한 정념의 형상은 이역의 땅에서 장년기를 보낸 시인의 개인적 이력과 포개지고, 좀 더 넓게는 생의 보편적 비극성에 대한 수일한 비유라고 할 수 있다. 한 권의 시집이 구성되는 몇 년 동안 시인이 특정한 인물의 시각과 관점으로 시의 삶을 산 것은, 그만큼 '하멜'이라는 인물이 자신의 정념을 드러내는 데 적합했기 때문이며, 역설적으로 이 퍼스나를 통해 정리하고자 한 어떤 내면이 있기 때문이리라.

3.

이미 세 권의 시집을 상재한 바 있는 신덕룡 시세계의 가장 중요한 특징 중의 하나는 소리에 대한 각별한 감수성이다. 실제로 그의 첫 시집이『소리의 감옥』이었을 뿐만 아니라 수일秀逸한 많은 시편들이 청각적인 것과 관련된 것인데, 여기에서 소리나 청각과의 연관성이란 그의 시가 지극한 정밀靜諡함, 고요한 내면의 소산임을 뜻하는 것이다.

> 다시 고요/ 풀벌레 소리조차 숨을 삼키자/ 또 다시 홀
> 로, 내 심장 뛰는 소리를 듣는다.
>
> —「등잔불의 역사」에서

> 예감이란 늘 불안한 것이어서 방문을 열고 내다보니/ 흰
> 눈 위에 찍혀 있는 기호들
>
> —「밀서를 읽는 시간」에서

위의 인용 부분은 『하멜서신』의 언술들을 지배하는 고요
함의 양상을 단적으로 보여주는 대목이다. 눈여겨볼 점은
신덕룡의 고요가 사물 대상에 귀를 기울이거나 시적 공간
에 사물들의 소리를 옮겨오는 단순한 감각적 자질이나 여백
의 차원을 넘어 자신의 심처深處에 이르는 깊은 내면성으로
서 기능하고 있다는 사실이다. 위의 시편에서 고요는 "풀벌
레 소리조차 숨을 삼킨" 뒤에 찾아온 절대 고요이며, 그 속
에서 듣는 것은 "내 심장 뛰는 소리"이다. 이 의미심장한 시
적 전개는 신덕룡의 시를 구성하는 소리—이미지와 그 구조
를 잘 드러낸다. 그의 시의 적막은 궁극적으로 자기—내면
의 심부에 도달하기 위해 시인의 의지가 구축하는 정신의 풍
경이고, 그런 점에서 "흰 눈 위에 찍혀 있는 기호들"(「밀서
를 읽는 시간」)은 자기 내면이 발견한 하늘의 전언이며, 이
를 바라보는 '방("방문")'의 세계는 이러한 자기 내면의 조형

적 형상인 것이다.

> 부지런히 쓸고 닦지만/ 길 끝에는 늘 젖어 있는 내 작은
> 방이 있다.// 햇볕보다 먼저 들어앉은 어둠이/ 꽃을 피우
> 는/ 거기, 웅크린 채 뿌리내린 적막이 있다.
>
> —「비질을 하다」 부분

> 거기, 발자국이 오밀조밀 찍혀 있는 층계를 올라가면/
> 혼잣말이 배어 있는 벽과/ 작은 몸을 감싸주던 낮은 천정
> 과/ 웅크린 채 잠 속으로 흘러가던 우주가 있었다.// 별들이
> 쉬지 않고/ 좁고 어두운 방에 침묵과 고요의 알을 낳듯이//
> 지붕으로 나 있는, 마감질이 끝나지 않은 저 구멍들은/ 내
> 안에 밀봉된 깊은 꿈이거나/ 절망이거나/ 하나씩 풀어놓고
> 찬찬히 내려다보는 눈빛이었다.
>
> —「다락방」 부분

신덕룡 시의 중요한 특징인 소리와 적요에 대한 감각은 그
의 시가 지닌 경청이나 내밀함의 자질을 드러내는 것이지만
이는 궁극적으로 자신의 깊은 내면성을 부조해내는 데 기여
한다. 고요와 정밀의 시편들에 빈번하게 등장하는 공간-형
상은 이 내면의 조형적 이미지라고 할 수 있다. "길 끝에 늘
젖어 있는 내 작은 방", 그곳은 "혼잣말이 배어 있는 벽과 작
은 몸을 감싸주던 낮은 천정과 웅크린 채 잠 속으로 흘러가
던 우주"이다. 이 온전히 자족적이고 지극히 사적인 절대의

111

공간은 "웅크린 채 뿌리내린 적막"으로 둘러싸인 내면세계로서, 여기에서 "지붕으로 나 있는" 구멍들이란 그것의 성격들을 암시하는 이미지이며 "밀봉된 깊은 꿈이거나 절망이거나 하나씩 풀어놓고 찬찬히 내려다보는 눈빛"은 그것의 구체라고 할 수 있다. 이「다락방」에 형상화된 내면 세계의 조형적 이미지는 하늘을 향해 열려 있는 나선의 형상(「나선의 방향」)을 생각하게 한다. 어쨌든 이러한 내면세계의 공간적 이미지들은 신덕룡 시의 고요와 적막이, 결국 자신의 내면을 탐색하고 다지고 표명하기 위한 구성적 요소임을 뜻하는 것이다. 그러한 점에서 보자면 그의 시들은 사물 세계의 재현이나 대상 자체의 의미를 탐색하기보다는 자신의 내면을 살피고 구축하는 데 그 중심이 놓여 있다.

> 길이 빠져나간 내 몸의 사방은 왜 이리 깊고 어두운가./
> 오래전에 덮어둔 채 던져놓은 어둠속에서/ 침묵과 침묵이
> 몸을 부딪쳐/ 흠집내며 질러대는 아우성이 이와 같은가./
> 그러니 숨죽이고/ 느닷없이 사라진 발자국 소리, 부재의
> 흔적을 찾아/ 나설 수밖에 없다.
>
> ─「귀를 막다」부분

신덕룡 시의 적막이 내면성을 구성하는 중요한 요소라고 한다면, 그 적막은 비단 소리가 없는 고요한 평정의 상태를 뜻하는 게 아니라 자기-내면으로의 집중, 그 집중을 위한 정신의 태도를 의미하는 것이라고 보아야 할 것이다. 그러

한 점에서 신덕룡 시의 고요와 적막은 단순한 청각적 감각이 아닌 내면성 그 자체의 이미지라고 할 수 있으며, 이는 자신의 내면을, 변수變數로서의 외부 사태를 넘어서는 이 세계의 상수常數로서 굳건히 세우겠다는 시적 지향의 반영이라고 할 수 있을 것이다. 위의 시에 묘사된 "침묵과 침묵이 몸을 부딪쳐 흠집내며 질러대는 아우성"으로 가득한 '어둠'의 형상은 신덕룡 시의 '적막'의 내부—이미지로서, 갈등과 고뇌 속에서 길을 찾는 내면세계를 그린 것이라고 할 수 있다. '하멜'을 시집 전체의 내면적 표상으로 삼은 것은, 신덕룡의 시세계, 그 고요와 평정과 식물적/ 생태적 사유의 내부에 드리워진 이 정념들과 마주하려는 시인의 의지의 소산이리라. 이방인으로서의 삶, 내던져진 운명의 생, 그 어둠 속에서, 길의 부재 속에서 "찾아야 할 길이 있다고 믿으면서" "더듬더듬" 찾아낸 세계, 그것이야말로 『하멜서신』이 궁극적으로 천명하고자 하는 내용일 것이다.

그러한 점에서 다음의 시편들은 이 시집에서 가장 눈여겨보아야 할 작품들이다.

어둠 속에서 불쑥/ 나무 한 그루가 솟아올랐다./ 산 아랫마을이 하나씩 둘씩 불을 끄는 시간에/ 나는/ 여행자의 마음으로/ 나무 가지에 걸터앉아/ 밀린 숙제를 하듯 하루의 일과를 정리한다.// 잠시 쉬어가는 새의 발목에 누가/ 족쇄를 채울 수 있으랴.

―「그림자나무-서시序詩」 부분

『하멜서신』은 이주移住로 시작하여 떠남으로써 마무리되는 서사적 완결성을 갖춘 세계이다. 하여 이 시집의 앞쪽에 배치된 작품들은 '전라 병영'기期로 들어오는 심정을, 끝에 배치된 시들은 '전라 병영'기를 떠나는 내면을 기록한 것이라고 할 수 있다. 입구와 출구가 있는 이 세계에서 시집을 여는 서시에 속한 위의 작품에는 이 시집 전체를 관통하는 상승의 이미지가 가로놓여 있다. "어둠 속에서 불쑥" "솟아오른" 나무는 이 세계를 정관靜觀하는 처소로서, 이는 시적 탐색의 내면 공간을 시사한다. 즉 '어둠 속 나무 위의 새'는 이 시집 전체를 가로지르는 핵심적인 이미지, 다시 말해 고요와 적막의 내적 공간으로서의 어둠과, 자유의 상징으로서 새가 결합되어 있다. 이 새는 화자의 "몸속에 둥지를 튼" 내면이며, "몸부림치면서 날카로운 부리로 쪼아대"어 "피투성이가 되는"(「새」) 고투하는 존재이다. 물론 '전라 병영기' 서사의 초입에 속한다는 점을 고려하면 이 작품의 '새'는 "여행자의 마음"이라는 가벼움을 띠고 있는 것도 사실이지만, 시편의 결미는 이미 시집이 종국에 도달할 어떤 의지를 아포리즘의 언술 속에 예고하고 있는 셈이다. 그러한 점에서 과정에 속하는 시집의 많은 시편들은 이 새의 몸부림과 고투의 기록이라고 할 수 있을 것이다.

마지막 이별의 손짓이듯 사방으로 흩날리는/ 오랜 기억들을 덮어버리는/ 눈물보다 먼저 앞을 가리는 뿌연 장막들// 두텁게 펼쳐진 장막을 들추며/ 언젠가 다시 만날 수 있

을까,라는 '언젠가'는/ 늘 위험천만한 고문이었다.// 살 만
한 곳을 찾아다니며 둥지를 트는 새가 아니었다. 나는// 아
무리 멀리 날아도/ 때가 되면 정해진 자리로 서둘러 돌아와
야만 하는/ 묶여 있는 슬픔에 불과했으니// 거세게 몰아치
는 눈발 속에 떠나는 길이/ 가파른 벼랑일지라도/ 막막할
것 없겠다, 뒤를 돌아볼 일 없겠다.

—「병영을 떠나며」부분

　　낯선 조선 땅의 형상을 눈에 들이며 자신의 삶의 터가 될
풍경을 형상화한 두 번째 수록 작품 「영암을 지나며」의 대척
점에 해당되는 이 작품은, 7년여의 시간을 보낸 '전라 병영'
을 마감하는 화자의 내면을 담고 있다. 그것은 아쉬움과 그
리움을 뒤로 하고 이 정든 공간을 떠나겠다는 의지이며, "아
무리 멀리 날아도/ 때가 되면 정해진 자리로 서둘러 돌아와
야만 하는/ 묶여 있는 슬픔"과의 결별 선언이다. 이 단호한
의지의 표명은 이 시집이 도달한 최종적인 지점인 셈이다.
"거세게 몰아치는 눈발 속에 떠나는 길이/ 가파른 벼랑일지
라도/ 막막할 것 없겠다, 뒤를 돌아볼 일 없겠다."는 이 시
의 결미는 앞서 보았던 「그림자나무」의 마지막 연, 설의형으
로 진술된 아포리즘을 매우 강한 의지의 언술로 전환한 것이
다. 이는 "살 만한 곳을 찾아다니며 둥지를 트는 새가 아니었
다"는 자기 정체의 분명한 자각으로서, 이 시집의 마지막 시
편은 "없는 길로 다녔으니/ 더 잃어버릴 것이 없겠"(「금강천」)
다는 천명으로서 이 자각을 재확인해준다. 우리는 여기에서

신덕룡 시의 한 시기가 마감되는 장면을 목도한다.

앞선 세 권의 시집들과 달리『하멜서신』은 시집 전체가 특정한 퍼스나에 의해 기술된, 서사적 완결성을 갖춘 세계이다. 이 시집이 구상되고 한 편 한 편이 진행되어 하나의 세계로 완결되기까지 시인은 '하멜'의 삶을 산 것이며, 그가 살아냈던 전라 병영기의 삶에서 우리는 '지금-이곳'에 내던져진 生의 비극성을 생각하게 된다.

이 시집은 새로운 갑자를 시작하게 될 시인의 진중한 기획 속에 간행된, 고요한 뿔의 세계이다. 이후의 그의 시적 행보가 기대되는 것은, 없는 길을 찾아 더듬더듬 가는 그 느릿느릿한 뿔의 세계, 그 아름다운 외유내강의 성정이 펼쳐 보일 미지의, '어떤' 자유 때문이리라.